GW00993144

# Petit Lapin
## et les œufs de Pâques

D'autres aventures de Petit Lapin Blanc (liste complète à la fin de l'ouvrage).

# Petit Lapin Blanc
## et les œufs de Pâques

Gautier • Languereau

Aujourd'hui, c'est Pâques.

Papy et Mamie ont invité

Petit Lapin Blanc et Petite Sœur

à une chasse aux œufs dans le jardin.

Mamie a préparé deux paniers.

Petit Lapin Blanc crie de joie :

« Youpi ! J'en vois un dans les radis !

Hourrah ! Un autre sur le tas de bois ! »

Petite Sœur trouve une poule
au fond d'un pot.
« Dis, Petit Lapin Blanc,
pourquoi elle n'a pas pondu d'œuf, celle-là ?
— Parce qu'elle est en chocolat ! »

Petite Sœur la croque tout de suite !
« Tu as raison, s'exclame Petit Lapin Blanc.
La chasse, ça donne faim !
Miam ! »

Petit Lapin Blanc regarde partout.
Sous le banc, derrière le volet…
Et dans la boîte aux lettres ?
Zut ! Il n'est pas assez grand.

« Ho ! hisse !

Attrape-le Petite Sœur ! Bravo !

Tu me le donnes ? »

Petite Sœur ne veut pas.

« On le partage, alors ? »

Plic, ploc… Zut ! Voilà la pluie.

La chasse continue dans le salon.

« Il y en a dans la bibliothèque ?

— Tu brûles, mon chéri ! » dit Papy.

«Dans la corbeille avec les fruits ?
— Brr ! Brr ! rit Mamie, tu refroidis !
Mais je crois qu'il en reste un…

– Attention Papy !

Ne t'assieds pas dessus !

– Trop tard ! dit Papy.

Celui-là est en miettes !

Saperlipopette ! »

Directeur, **Frédérique de Buron**
Directeur éditorial, **Brigitte Leblanc**
Édition, **Nathalie Marcus - Noëmie Coquet**
Maquette, **Solène Lavand**
Fabrication, **Virginie Vassart-Cugini**

## Retrouve toutes les autres histoires de Petit Lapin Blanc

## Petit Lapin Blanc
## Pour grandir tendrement !